NOUVELLE BIBLIOTHÈQUE
morale et amusante

Traduit de l'anglais.

PARIS — TOURNAI

LIBRAIRIE DE P. LETHIELLEUX, Rue Bonaparte, 66. — LIBRAIRIE DE H. CASTERMAN, Rue-aux-Rats, 11.

H. CASTERMAN
ÉDITEUR

HARRY O'BRIEN.

Imprimatur.

Datum Tornaci, die 16ª Augusti 1861.

A.-P.-V. DESCAMPS, Vic.-Gen.

-Eh bien ! mon garçon, commença M. M'Sweeny,
comment vous appelez-vous ?

HARRY O'BRIEN

OU

LE TRIOMPHE DU BIEN SUR LE MAL

TRADUIT DE L'ANGLAIS.

MINISTÈRE DE L'INTÉRIEUR · BUREAU DE LA PROPRIÉTÉ LITTÉRAIRE
BIBLIOTHÈQUE IMPÉRIALE IMPR.
646

PARIS
Librairie de P. Lethielleux,
RUE BONAPARTE, 66.

TOURNAI
Librairie de H. Casterman,
RUE AUX RATS, 11.

H. CASTERMAN
ÉDITEUR.
1861

Y2
44408

PROPRIÉTÉ.

HARRY O'BRIEN.

I.

Comment Dieu assiste le pauvre mourant.

Il était environ onze heures du soir, et je venais de rentrer dans ma demeure après une de ces journées fatigantes, qui rappellent au prêtre missionnaire qu'il doit vivre pour les autres plutôt que pour lui-même. Tous les malades du district semblaient, ce jour-là, avoir conspiré contre l'amour qu'on a naturellement de l'aise et du repos. Une vieille femme qui résidait à trois milles de l'église, avait un léger rhume, et, s'imaginant être à sa dernière heure, voulait absolument une visite immédiate. Au village voisin, à un mille de la maison de madame Taylor, deux petits enfants souffraient de la fièvre scarlatine, et comme leur mère était protestante, et leur père mauvais, ils n'avaient pas été baptisés. C'était un cas de nécessité réelle, et il est heureux que j'y fusse pour les baptiser, car quelques heures plus tard, ils étaient frappés d'une mort prématurée. Outre ces visites de malades, d'autres affaires m'avaient retenu au dehors jusqu'à l'entrée de la nuit, et lorsqu'à la fin, je touchai au seuil de ma demeure, j'avoue que je me laissai aller avec plaisir à la pensée de regagner bientôt mon lit, et de goûter un confortable repos.

Cependant, un sombre accident chassa bientôt ces molles pensées.

— Monsieur, dit le petit domestique qui vint m'ouvrir la porte, on est venu pour un nouveau malade.

— Où? répondis-je consterné. J'espère qu'ils n'ont pas besoin de moi cette nuit.

— Deux femmes, répliqua le domestique, sont venues vers six heures. Comme je leur disais que vous rentreriez tard et qu'elles avaient à faire un long chemin, elles ont dit ne pouvoir attendre; mais elles espèrent que vous irez immédiatement. Un ouvrier, habitant leur maison, est dangereusement malade, et le docteur désespère de sa vie. Elles comptent donc que vous ne remettrez pas votre visite à demain matin.

Epuisé par le travail du jour, j'étais fort tenté de différer ma visite jusqu'au lendemain. Mais une voix douce et intérieure me dit de ne point tarder. Or, j'étais incertain de trouver le malade. Les renseignements laissés par les femmes étaient on ne peut plus vagues. Je devais me rendre à sept milles de ma résidence, et dans le village indiqué il y avait quelque part un homme mourant; mais était-il dans une ferme, ou dans sa chaumière particulière, ou dans une maisonnette isolée, on ne l'avait point dit. On n'avait même pas donné son nom. Les femmes, impatientes de retourner chez elles, avaient si imparfaitement accompli leur message, que j'aurais été pleinement autorisé à différer la visite jusqu'au matin. Mais, ainsi que je l'ai dit, quelque chose me pressait d'agir; je soupai donc à la hâte, et je partis vers minuit avec le Saint-Sacrement pour gardien et un jeune homme qui s'était gracieusement offert à m'accompagner.

La route fut longue et affreuse; c'était au milieu de janvier; la nuit était froide; sans lune, mais les étoiles brillaient au bleu firmament. Les chemins, par suite de pluies récentes, étaient humides et boueux, et des champs de blé, par où nous dûmes passer, se trouvaient, pour les mêmes raisons, dans un état encore plus désagréable. Comme nous avions avec nous le Saint-Sacrement, nous ne rompions le silence de temps à autre que pour nous concerter sur un sentier à prendre, ou pour demander à un roulier la route du village signalé. Hormis ces interruptions inévitables, nous gardâmes un complet silence. Le Créateur du monde était avec nous corporellement. Si jamais, dans sa présence sacramentelle, il avait été porté par là, c'était assurément dans les temps anciens, avant qu'Henri VIII eût détruit la religion dans le pays. Depuis ces jours plus heureux, aucun prêtre, portant son Dieu, n'avait parcouru cette contrée. Et maintenant qu'il y passait, au milieu du silence de la nuit, avec deux assistants sans pompe ni éclat extérieurs, je ne pouvais ne pas penser, tout le long du chemin, combien il se sentait d'amour et de tendresse et répandait en passant sa bénédiction. Il bénit tout, hommes et choses dans cet humble et solitaire voyage. Le peuple qui dormait sans savoir le bon Dieu si près de lui, et qui, s'il l'eût su, s'en serait moqué, reçut néanmoins sa bénédiction, lorsque le Saint-Sacrement passa près de leurs habitations. Car comment Jésus pourrait-il parcourir le monde sans bénir et la terre et ceux qui l'habitent? Il dissipa les mauvais rêves; donna aux petits enfants un sommeil plus paisible qu'à l'ordinaire, et arrêta pour un temps les actes coupables; les malades et les vieillards trouvèrent cette nuit-là un repos inaccoutumé; l'air porta la bénédiction divine sur les jardins, les champs et les arbres; et lorsque le laboureur se leva de bonne heure pour se rendre à son travail, il s'étonna de se sentir si frais, si jeune et si vigoureux; et il crut n'avoir jamais vu à la nature un aspect aussi magnifique que dans cette ravissante et extraordinaire matinée.

Il ignorait que, tandis qu'il se reposait de ses labeurs, un prêtre catholique, durant la nuit silencieuse, avait passé auprès de sa maison avec le Saint-Sacrement du corps et du sang de Jésus-Christ, et que c'était la bonne odeur de Jésus-Christ qui le rendait si fort et si heureux.

L'aurore n'avait pas encore paru lorsque nous atteignîmes à la fin au village. Nous le connaissions par la description que nous en avait faite un voiturier. Mais comment trouver la demeure du mourant? Autour de nous régnait une profonde paix; personne n'était encore debout. L'obscurité commençait à peine à diminuer. Et alors même que nous eussions rencontré quelque personne, ne sachant pas le nom du malade, comment obtenir d'utiles informations? A quelque distance du lieu où nous étions arrivés, se pouvait distinguer un groupe d'habitations; mais nous en étant approchés, elles nous parurent trop élégantes pour être la demeure de notre pauvre journalier, et nous nous dirigeâmes du côté opposé. En arrivant au milieu du village, notre attention fut attirée par un petit chat qui nous suivait de près et semblait désireux de faire notre connaissance. Etonnés de rencontrer ce petit animal dans ce hameau désert, nous le saisîmes, et, après l'avoir caressé un instant, nous continuâmes notre chemin. Mais au bout de quelques minutes, il parut de nouveau entre nos jambes, manifestant évidemment le besoin d'attirer notre attention. Peut-être me dis-je, ce petit chat est-il envoyé pour nous montrer la route, et je proposai à mon compagnon de nous arrêter un moment et de suivre l'animal partout où il irait. Le chat parut satisfait, et fier de son office de guide; il prit une direction opposée à la nôtre. Nous le suivîmes à distance, nous arrêtant parfois avec lui dans la commune. Finalement, il alla au groupe de maisons que nous avions cru trop élégantes pour être habitées par un pauvre homme, comme celui que nous cherchions. Il s'arrêta devant l'une d'elles, sauta sur la barrière qui séparait, devant la maison, un petit jardin de la chaussée, et disparut. Je ne pouvais m'imaginer qu'une demeure aussi propre et aussi confortable (ainsi du moins elle me semblait la nuit) fût celle où l'on m'appelait.

On n'entendait point de bruit; il n'y avait de lumière à aucune fenêtre, et le matin ne commençait pas encore à chasser la nuit. Je résolus, toutefois, d'écouter à la porte, pour m'assurer si personne ne remuait à l'intérieur. J'approchai de près l'oreille, et j'entendis aussitôt comme les gémissements d'un malade. « Voici bien la maison, dis-je à mon compagnon ; j'en suis sûr, je vais frapper. » La porte s'ouvrit bientôt, et je trouve le malade que j'étais venu voir de si loin. Je regardai autour de moi pour remercier mon nouvel et étrange guide; mais il avait fui, par modestie, sans doute, pour se soustraire à mes remercîments. Pouvais-je douter que Dieu eût permis que ce petit animal me menât au lit de mort d'un chrétien ?

L'homme dont j'avais trouvé la demeure d'une façon si extraordinaire, était en effet expirant. Sa maladie négligée, dans le principe, avait fait des progrès effrayants, et sa fin était proche. Il y avait longtemps qu'il n'avait point vu de prêtre, plus longtemps encore qu'il n'avait reçu le Saint-Sacrement. Je lui administrai toutes les consolations de notre très-sainte religion. Il les reçut avec une grande foi et une grande résignation; et il endurait si gaiement ses souffrances, attendait la mort avec tant de patience et mettait avec tant de ferveur son espoir dans la passion de Jésus-Christ et dans l'intercession de Marie, que je me sentis amplement dédommagé de ma pénible course (1).

II.

Les orphelins.

— Monsieur, que faire des orphelins? demanda le locataire de la maison où mourut James O'Brien. Ils sont mainte-

(1) Fait authentique, dans toutes ses circonstances.

nant sans père et sans mère. Dieu les bénisse! et ils n'ont en Angleterre ni ami ni connaissance!

— Combien sont-ils? demandai-je; car j'avais été trop occupé du père expirant pour remarquer autre chose.

— Rien qu'un petit garçon et une petite fille. Venez ici, Mary. Harry, venez parler à Monsieur.

Deux petits enfants s'avancèrent timidement vers moi. L'un avait sept, l'autre huit ans; leurs yeux étaient rougis de pleurs; ils étaient évidemment très-pauvres, et maintenant, plus pauvres que jamais, dépourvus d'amis, étrangers sur une terre étrangère, sans autre asile que les blanches et froides murailles du Workhouse. S'il était jamais permis de désirer la richesse, je l'aurais pu, je le crois, à ce moment où le corps inanimé de ce père, étendu sur une misérable couche, était entouré de ses petits enfants, pauvrement vêtus et pleurant devant moi amèrement.

La propriétaire de la maison était catholique, et sa femme bienveillante et sensible. Elle fut la première à compatir au malheur des pauvres orphelins, et la première à leur porter secours.

— Je garderais volontiers les enfants

avec moi, dit la bonne dame, (et de grosses larmes roulaient de ses joues), mais vous voyez, monsieur, combien nous sommes pauvres ! J'ai cinq enfants à nourrir ; mon mari manque souvent d'ouvrage, et j'ai moi-même une faible santé. Pauvres créatures ! je serai désolée de les voir partir ; mais, monsieur, que puis-je y faire ?

La pauvre femme se croyait presque coupable de ne pas se résoudre aussitôt à les conserver, et sentait le besoin d'expliquer sa conduite. Je me hâtai de la rassurer, en lui disant que l'on ne pouvait attendre d'elle cet engagement, que le soin de sustenter et de vêtir sa propre famille était déjà bien pénible, et que Dieu ne voulait pas lui imposer ce nouveau fardeau.

— Mais, ajoutai-je, que deviendront ces pauvres petits? N'y a-t-il pas moyen de les sauver du Workhouse? Il est vrai qu'ils y trouveraient la nourriture et le vêtement, mais ce serait aux dépens d'un bien plus nécessaire que la nourriture matérielle ; car comment deux petits orphelins catholiques pourraient-ils conserver leur foi dans une maison protestante ?

— Ce n'est que trop vrai, dit la femme, et souvent, sinon toujours, avec la perte de leur foi, ils apprennent de mauvaises paroles et contractent de mauvaises mœurs.

J'avais un neveu dans un de ces établissements. Avant la mort de son père, c'était un des plus beaux enfants qui soient jamais venus d'Irlande ; mais après trois ans de résidence dans le Workhouse, il rougit de sa foi, et il avait pris de si vilaines habitudes, que je ne voulus point le laisser sous le même toit que mes enfants.

— Il ne saurait presque en être autrement, répliquai-je, vu que les enfants de ces asiles, sortis des rangs infimes de la société, ont été élevés dans les derniers repaires du vice et de l'infamie. Et n'y aurait-il pas moyen de sauver les pauvres orphelins de ce détestable contact ?

— Peut-être, répondit la bonne dame, que si monsieur voulait dire pour eux une messe, il s'offrirait une issue. En attendant, ils resteront avec moi ; je n'éprouverai point de dommage sérieux à conserver ces pauvres enfants quelques jours ou même quelques semaines.

Je suivis cette pieuse pensée, et, les trois jours suivants, j'offris la sainte messe pour les orphelins, priant Dieu de leur épargner le funeste séjour. Quelques jours après, je reçus la visite d'un ami, connu pour son inépuisable charité. Je lui parlai des enfants, sans croire qu'il pût les assister.

Quelles furent donc ma joie et ma reconnaissance, lorsqu'il s'offrit généreusement à procurer aux orphelins une éducation catholique.

On les fit venir aussitôt. La petite fille fut placée dans une famille respectable, élevée avec soin, et traitée toujours avec la plus grande tendresse et la plus vive affection. On mit le petit garçon avec d'autres orphelins de sa condition, et il fut ainsi instruit et élevé dans la vraie foi. C'est lui qui sera le sujet principal de cette histoire; je crois donc devoir d'abord le faire connaître.

III.

Harry O'Brien. — Ses fautes et ses vertus.

Il y avait, dans l'extérieur de Harry O'Brien, quelque chose qui lui assurait l'intérêt et la sympathie. Il était très-grand pour son âge, et si ses traits n'avaient pas été altérés par une expression triste et anxieuse, il eût pu être considéré comme un bel enfant. L'intelligence brillait dans ses yeux bleus et profonds, et son visage délicat, noble, plein de grâces, attirait l'attention. Ses joues étaient pâles, et à voir son regard si profondément triste, on eût pu douter s'il fallait l'attribuer à une indisposition habituelle ou à une nature maussade et bourrue. Les enfants, comme les grandes personnes, savent apprécier leurs nouveaux amis, bien qu'ils les jugent moins sévèrement.

— Eh bien! que pensez-vous du nouveau camarade? demanda Edward Allen à Arthur Connor, son meilleur camarade.

— Je le connais assez peu, répondit Arthur ; mais le pauvre garçon paraît ressentir fortement la mort de son père.

— Je ne sais qu'en penser, repartit Edward. J'ignore s'il se trouve ici heureux ou malheureux ?

— A-t-il jamais dit qu'il ne fût pas heureux ?

— Je l'ignore, mon cher; toutefois, c'est un drôle!

— Comment! demanda vivement Arthur Connor qui encore tout petit avait un large cœur, et s'efforçait toujours d'aimer tout le monde et de trouver chez tous quelque chose de bon. Je suis sûr, poursuivit-il, que le pauvre Harry

BIBLIOTHÈQUE IMPÉRIALE IMPR.

O'Brien ne diffère point des autres. C'est un excellent joueur. Si vous aviez été ce matin à la partie de crosse, vous l'auriez vu presque le plus adroit. Il lance admirablement la boule et court une fois plus vite que tout autre. Je ne le trouve ni singulier ni drôle, comme vous l'appelez.

— Evidemment, il joue bien ; il anime le jeu, répliqua Edward, qui un peu plus âgé qu'Arthur se croyait le droit d'être plus difficile dans ses critiques. J'avoue que Harry est bon à la crosse, et même à tout autre jeu, et qu'il s'y met de tout cœur. Mais encore, je ne sais pas suffisamment le comprendre ; il rêve parfois d'une manière si étrange. Et puis, il se fâche si aisément ; levez seulement le petit doigt, et il pleure ; et il a une si étrange habitude de dire : je ne m'en soucie pas, chaque fois qu'il est contrarié. L'autre jour, je l'engageai à prendre sa part de pommes que mon oncle m'avait envoyées, mais inspiré par un accès d'humeur bizarre, il me répondit : « Je ne m'en souci pas. » Je savais cependant qu'il aime les pommes ; j'en mis donc quelques-unes à côté de lui, et je m'en allai.

— Je ne puis nier, dit l'autre, son étrange habitude de dire : « Je ne m'en soucie pas, » mais il le fait sans intention ;

et je pense aussi qu'il est quelquefois malade.

—Très-probablement, répondit Edward qui, malgré son amour de la censure, était bienveillant et généreux. Mais voici venir maître Harry lui-même, évidemment dans un de ses meilleurs moments; gardons-nous de lui laisser voir que nous avons parlé de lui.

Edward Allen avait exactement touché au défaut de caractère le plus sérieux de Harry. Intelligent, habile, actif, ami du rire et du jeu, d'une grande innocence de vie, exempt d'habitudes vicieuses, il péchait par l'inconstance de son caractère. Souvent le plus joyeux de la bande, il devenait un moment après le plus malheureux, et à le voir et à entendre alors ses plaintes, on aurait cru que de sa vie le pauvre enfant n'avait eu un instant de bonheur, et que tous s'étaient concertés pour le maltraiter. C'était comme un jour d'avril, des rayons de soleil inattendus et de subites ondées; tantôt plein d'animation, tantôt aussi morose, aussi sombre, aussi chagrin et aussi bourru que possible. Et il suffisait d'une légère offense pour le faire passer ainsi

Du grave au doux, du plaisant au sévère.

La moindre parole suffisait pour détruire la sérénité de son humeur.

Un jour, on résolut d'aller, un jour de congé longtemps attendu, dîner au dehors, dans de magnifiques jardins, à quelques milles de l'école. Chacun y vit une immense faveur ; on en parla des semaines auparavant et personne ne se réjouissait plus que Harry de la perspective du prochain pique-nique. Il en parlait souvent, proposait des jeux de cache-cache dans les bocages et les berceaux du jardin, et songeait au plaisir qu'il goûterait à cueillir des fraises, ainsi qu'on l'avait permis. Cependant lorsque vint le jour tant désiré, Harry, malheureusement, était on ne peut plus mal disposé. L'idée d'un plaisir longtemps nourrie avait peut-être trop excité son tempérament nerveux et impatient. Rarement, on l'avait vu plus irascible.

A peine levé, il se querellait avec ses compagnons et donnait à ses supérieurs des réponses trop vives. Il se fâcha d'abord contre un enfant qui riait de sa mauvaise humeur. Un autre lui ayant demandé combien il mangerait ce jour-là de fraises, il le frappa rudement à la tête. Un troisième lui demanda méchamment s'il s'était levé du mauvais côté, et Harry fondit en pleurs. Son maître était fort bon et fort respecté, et il tâchait, par tous les moyens possibles, d'adoucir et de calmer sa nature nerveuse et irascible. Il lui parla avec bonté, persuada aux autres enfants de ne point sembler voir sa mauvaise humeur, espérant qu'une fois en voyage, son visage changerait d'expression. Mais le pauvre Harry parut déterminé à s'attirer de plus en plus des désagréments. Lorsque la troupe fut prête à partir, Harry prit sa place avec les autres, mais dans un désordre et un débraillé tel que le maître ne le put tolérer. Il n'avait pas fait attention à la cloche qui avait averti les enfants de se laver la figure et les mains et de s'arranger proprement avant de quitter la maison. Personne mieux que lui ne savait qu'en agissant de la sorte, il manquait à la règle, et se rendait coupable de désobéissance. Mais son maître, par égard pour son caractère difficile et espérant le gagner par la bonté, lui fit une remontrance avec le plus de douceur possible.

— Harry, ajouta-t-il, nous vous attendrons cinq minutes. Allez, comme un bon enfant, et préparez-vous convenablement, sans vous faire trop attendre.

Harry s'avança lentement en murmurant.

— Vite, mon ami, dit le maître, il ne faut point gêner les autres.

Harry ne pressa point cependant ses mouvements. A la fin, la patience du maître et des élèves allait s'épuiser; ou, pour parler plus correctement, le maître crut de son devoir de ne point laisser mépriser ses ordres.

— Les cinq minutes, dit-il, sont presque écoulées; nous devons vous laisser ici, si vous ne vous hâtez pas.

— Je ne m'en soucie pas, fut la sotte réponse de l'enfant obstiné et fantasque; je ne me presserai pas.

On ne pouvait, assurément, passer sur cette grossièreté et ce manque de respect.

— Fort bien, répliqua son maître, justement irrité; puisque vous ne vous en souciez pas, vous resterez à la maison.

Cela dit, il donna l'ordre du départ, et bientôt on fut sur la route du plaisir, tandis que Harry au pensionnat déplorait sa sottise et sa mauvaise humeur. Il pleura à chaudes larmes, quand on lui défendit de se joindre à ses compagnons. Bien qu'il eût prétendu ne pas s'en soucier, au fond, il s'en souciait beaucoup. Ses condisciples eurent naturellement une très-agréable journée. Ils revinrent pleins de tout ce qu'ils avaient vu, ou de tout ce qu'ils avaient fait. Harry dit peu de choses. Il était mortifié, honteux, et il se passa des semaines avant qu'il eût oublié la leçon de ce mémorable jour, au point de dire une fois encore qu'il ne s'en souciait pas. alors qu'il s'en souciait grandement. Voilà un exemple des embarras que s'attira souvent le pauvre Harry, pendant ses années scolaires. Ce temps néanmoins ne fût point malheureux, car il oubliait vite ces sortes de désagréments. Il progressa sérieusement en savoir, en santé, et dans des choses encore plus importantes. Il fut très-bien instruit de sa religion, et, à son attention habituelle à ses devoirs, on jugeait qu'il en saisissait et pratiquait les enseignements. Il grandit dans l'innocence, n'entendit ni ne dit jamais une mauvaise parole, ne prit jamais le bien d'autrui; et il était généralement obéissant; quoique parfois il prétendît ne se soucier pas des personnes ni des choses, il était sincèrement attaché à ceux qui avaient soin de lui. Ses querelles avec ses compagnons étaient promptement oubliées. A tout prendre, sa vie était comme celle de la plupart d'entre nous, un singulier mélange de bien et de mal; de bonnes dispositions et un bon cœur, exposés à être gâtés et étouffés par les mauvaises racines de la passion, par la mauvaise humeur, et par le manque d'empire sur lui-même.

IV.

Harry obtient un emploi chez M. M'Sweeny.

Une bonne nourriture, des habitudes régulières, et l'air frais de la campagne avaient prodigieusement amélioré la santé naturelle de Harry. Dans l'adolescent de quatorze ans, grand, beau, le visage épanoui, on eût reconnu difficilement l'orphelin pâle, maladif et timide, arraché au Workhouse par la charité d'un homme qui lui demeura toujours étranger. On ne pouvait voir sans plaisir le changement opéré dans l'extérieur de Harry O'Brien, dans ses manières et dans toute son attitude. L'éducation avait développé en lui d'excellentes qualités qui autrement seraient restées endormies. En même temps, son égoïsme naturel et son humeur chagrine s'étaient considérablement modifiés par le contact avec les autres enfants et par la rudesse que, dans toute école nombreuse, les enfants emploient à l'égard les uns des autres. Ce que peut une école publique pour des enfants des classes supérieures, elle le peut aussi pour les enfants des pauvres, pourvu qu'on ne les élève pas comme des plantes en terre chaude et qu'on ne violente point leur nature. Assurément, celui qui avait vu Harry O'Brien à la mort de son père, et qui l'aurait revu maintenant plein de vie et de bonheur, eût dû reconnaître qu'à l'école on l'avait parfaitement soigné et que son temps avait été très-bien employé. Il portait en tout l'empreinte d'une bonne éducation; ses manières étaient respectueuses et on ne lui voyait plus ni entêtement ni timidité; ses talents s'étaient développés; il lisait et écrivait correctement; il était passionné pour l'arithmétique; il savait l'algèbre, il avait étudié la géométrie, et il lisait volontiers des histoires et des voyages. Son extérieur aussi parlait en sa faveur. Il était fort grand pour son âge, et sa figure était loin d'être disgracieuse; son attitude était ouverte et dégagée. Cependant, un observateur attentif eût découvert une légère expression de mélancolie qui gâtait un peu son visage heureux et charmant. Quelquefois aussi, dans une excitation extrême, un rouge fiévreux lui couvrait les joues. C'était le seul indice d'une constitution délicate et personne n'aurait pu y voir sérieusement un pronostic de cette maladie terrible qui précipite prématurément dans la tombe tant de jeunes gens et de jeunes filles. Avec ces dispositions naturelles et des qualités acquises, il était plus facile de trouver un avenir dans le monde pour Harry O'Brien que pour tout autre enfant de sa condition. C'est une tâche pénible d'élever un enfant de manière à le rendre capable de remplir convenablement et à la satisfaction de ses maîtres un emploi honorable dans la vie; et quand son éducation est faite, on ne trouve pas aisément un état en rapport avec ses capacités. Et la difficulté est plus grande encore pour les catholiques, le nombre des patrons catholiques dignes de confiance n'étant pas en proportion avec le nombre des solliciteurs. De fait, les catholiques sont dans le cas de devoir prendre avec joie ce qui se présente. Aussi, dès que je connus une place vacante chez M. M'Sweeny, je m'efforçai de l'assurer à Harry O'Brien. M. M'Sweeny était un grand marchand de toiles, faisant des affaires importantes avec le nord de l'Irlande et la Belgique. Sa boutique et son bureau étaient situés dans un des passages les plus fréquentés de la cité de Londres. Il n'y avait pas de catholique plus droit, plus consciencieux, plus honorable dans ses transactions, et plus généralement estimé que M. M'Sweeny. Il s'était élevé à une position éminente dans le commerce, uniquement par son talent, son industrie, et sa bonne conduite. Ses magasins ne se désemplissaient point de pratiques et les jeunes gens à son service étaient généralement d'une parfaite probité; cependant, malgré tous ces avantages réunis, M. M'Sweeny, si j'avais eu un libre choix, n'était pas précisément l'homme à qui j'eusse confié Harry O'Brien. Il n'avait point le sentiment tendre. Juste et exact dans ses rapports avec les autres, il était vif et dur dans ses manières. C'était un de ces hommes qu'on craint plus qu'on ne respecte. Aucun de ses employés n'eût désiré passer une heure avec lui; il leur parlait toujours avec un air de supériorité et n'oubliait jamais qu'il était le maître. Jamais il ne témoignait à ses inférieurs de l'intérêt, de l'affection; il était froid, glacial, sans sympathie pour les autres: et cependant, il ne maltraitait point ses subordonnés; au contraire, quand ils étaient ponctuels, exacts, droits et méthodiques, il les louait, mais d'une manière sèche et froide, augmentant leur salaire et trouvant souvent moyen de les établir.

Cette position n'était donc pas à mépriser, quoique avec des avantages sérieux, elle annonçât évidemment des ronces et des épines. Les parents en étaient si convaincus, qu'ils croyaient la fortune de leurs enfants faite du jour où ils obtenaient l'entrée chez M. M'Sweeny. Bien des personnes, sans doute, virent mon succès d'un œil jaloux, car, dès ma première visite, M. M'Sweeny accéda à ma demande; et après avoir ouvert à l'orphelin une carrière dans la vie, j'achevai de disposer avec soin ce qu'il fallait encore pour l'y faire entrer.

V.

Comment Harry O'Brien fut reçu par M. M'Sweeny.

Presque partout, le soleil brille au mois de mai; mais Londres, ou du moins la partie de Londres nommée la cité, fait exception à la règle générale. Il règne dans ce vaste assemblage de commerçants une nuit perpétuelle ; la lumière du ciel paraît se détourner des transactions commerciales de Londres. Il pourrait y avoir à cela une raison. Ne refuserait-elle point d'éclairer la fraude et l'injustice qui se commettent journellement dans cette grande Babylone du monde? Le fait, quoi qu'il en soit, ne se peut nier. Généralement les maisons des princes du trafic ont des salles tristes, sombres, lugubres, avec des fenêtres fortement protégées par des barres de fer, et chassant si obstinément tout rayon de soleil, qu'on les doit éclairer au gaz en été comme en hiver. Ce fut dans une des chambres les plus obscures que fut introduit, à la fin de mai, le jeune Harry pour être présenté à son patron. M. M'Sweeny était assis dans le coin le plus reculé de ce ténébreux appartement, sur un siége élevé; il avait devant lui un pupitre en acajou, avec un bec de gaz à chaque extrémité, répandant une clarté livide et peu naturelle sur divers journaux, grands livres, et autres papiers de commerce. M. M'Sweeny était maigre, de taille moyenne, légèrement marqué de la petite vérole, mais habillé avec la plus grande propreté et le plus grand soin. Son regard, tant soit peu désagréable, laissait percer sa grande intelligence, et, après l'avoir observé attentivement, on s'étonnait moins de son succès dans la vie: car on lisait la résolution, l'énergie et la persévérance dans chacun des traits de sa longue figure. Ses manières étaient froides et rebutantes, et sa voix trop rude et trop aigre pour rassurer un étranger tremblant.

— Eh bien! mon garçon, commença M. M'Sweeny, comment vous appelez-vous?

Harry le lui dit tout bas.

— Vous aurez à parler plus haut que cela, ajouta le marchand; autrement, jeune homme, vous ne seriez guère utile. Savez-vous que je vous ai préféré à dix autres solliciteurs par égard pour mon ami?

— Je vous suis très-reconnaissant, monsieur, de votre bienveillance, répondit Harry aussi respectueusement que possible, et j'espère que je continuerai à la mériter.

— C'est bien dit cela, sur ma parole, répliqua le marchand. Mais songez que je parle peu et agis promptement. Au moindre acte sérieux de désobéissance ou au moindre manque de probité, vous quittez aussitôt la maison.

— Pour ce qui est du manque de probité, vous n'avez rien à craindre, monsieur; on n'a jamais eu rien à me reprocher làdessus, répondit Harry d'un ton de voix qui témoignait clairement qu'il était froissé par cet inutile soupçon.

— Tant mieux, dit M. M'Sweeny, ignorant avoir blessé les sentiments du jeune homme. Mais les jeunes gens donnent souvent de l'embarras, je les veux ponctuels; et ils sont souvent irréguliers, négligents et inexacts dans les affaires du commerce. Je ne sais ce qu'on leur apprend à l'école; j'en trouve à peine un qui ait la main convenable et qui me sache dresser un compte; et lorsque je les envoie en commission, ils flânent une heure dans les rues.

M. M'Sweeny s'arrêta comme pour attendre une réponse; mais le pauvre Harry n'était pas disposé à lui en donner; il demeura silencieux. Après quelques instants pénibles, M. M'Sweeny élevant de nouveau sa voix aigre, appela le premier commis.

— M. Somers, veuillez mettre ce jeune homme à un travail facile, et lui enseigner sa besogne. Maintenant, allez; soyez un bon garçon, et j'aurai soin de vous.

Ces seules paroles agréables de M. M'Sweeny, durant ce désagréable entretien, furent perdues pour Harry, tant il était heureux d'échapper à la présence de son nouveau maître.

A peine sorti de la chambre, il pleura beaucoup, en dépit de ses nouveaux camarades qui le contemplaient comme un objet de curiosité.

Son cœur débordait. Il s'était attendu au genre de traitement qu'il avait éprouvé toute sa vie; mais il rencontra la froideur et la réserve, et il en souffrit terriblement. Il pleura longtemps et amèrement, et souhaita de tout cœur de retourner à l'école, au milieu des compagnons de son enfance. Tel fut le commencement de sa vie dans le monde.

VI.

Harry trouve un ami dans le premier commis et en reçoit de bons conseils.

La sympathie que Harry n'avait point trouvée chez son patron, il eut le bonheur de l'inspirer au premier commis de la maison.

M. Somers (c'était son nom) crut devoir le dédommager, par sa bienveillance, son amabilité et ses égards, de la rudesse de M. M'Sweeny. Il avait le cœur très-tendre, et prenait un grand intérêt au bien-être de tous les employés de l'établissement. Tout le monde aimait M. Somers. Strictement fidèle aux intérêts de son maître, il était aussi juste et bon pour tous les inférieurs. Personne ne le redoutait ; cependant, on ne désobéissait jamais à ses ordres ; il y avait en lui quelque chose qui attirait l'amitié et la confiance, en même temps que l'estime et le respect de tous les gens de la maison. Harry trouva dans M. Somers un véritable ami qui le ranimait dans ses accablements, et l'aidait en tout des meilleurs conseils.

— Je suis sûr, dit Harry, se trouvant seul avec M. Somers, que je ne me ferai jamais à mon nouveau maître ; il est si âpre, si dur...

— Ne le jugez pas d'après sa manière de parler, répliqua le commis; il a meilleur cœur qu'il ne paraît.

— Il ne m'a pas, répondit Harry, rendu le travail agréable; et puis, pas la moindre indication...

— La même chose arrive malheureusement à tous les nouveaux venus. Il me laisse le soin de donner les avis, alors qu'il devrait le faire lui-même.

— Oh ! je serais si heureux de recevoir vos instructions. Vous êtes si bon, si aimable, que vous me direz, j'en suis sûr, tout ce que j'ai à faire.

— Bien volontiers, dit M. Somers. Mais ne gardez point de préjugé contre notre maître. Il est vrai qu'il est vif et sévère, mais si vous réussissez à vous le rendre favorable, ce sera votre ami pour toujours.

— Mais, demanda Harry, comment se faire un ami d'un homme qui a le cœur si froid ?

— M. M'Sweeny, répondit le commis, a un profond sentiment de la justice. Lorsqu'il voit un homme assidu à sa besogne, exact à l'heure, fidèle dans ses comptes, et honnête dans ses procédés, non-seulement il augmente son salaire, mais il met tout en œuvre pour le faire réussir dans le commerce. J'ai vu plusieurs jeunes gens arriver ici pauvres et ignorants et s'établir ensuite parfaitement dans le monde, par la bienveillante entremise de M. M'Sweeny; mais il n'aide que ceux qui l'aident eux-mêmes, en apprenant à remplir leur tâche d'une manière efficace.

— Eh bien ! je ferai mon possible pour mériter ses bonnes grâces, repartit Harry; cependant je n'aimerais guère sa présence; il est si brusque qu'il m'effraie.

— Cette impression s'effacera. Mais voyons, savez-vous comment entamer votre ouvrage ? ajouta M. Somers.

— Comment le pourrai-je, si on ne me l'enseigne ? répondit Harry avec un peu de vivacité.

— C'est un peu hardi, pour un débutant, remarqua M. Somers, moitié souriant, moitié sérieux. Serai-je votre maître ?

— Oh! oui, certainement ! répliqua Harry, et je vous promets d'être un élève bien attentif et bien courageux.

— Dans ce cas, commencez par apprendre à être bien exact aux heures de travail. Vous logerez, vous le savez, chez M. Neil ; c'est près d'ici ; vous devez être rendu au magasin tous les jours à sept heures ; de sorte qu'il faut vous lever de bonne heure, et finir de bonne heure votre déjeuner.

— Cela ne me coûtera point, je suis habitué à me lever de bon matin.

— Vous ne sauriez croire l'embarras que donnent les jeunes gens à leurs patrons et le tort qu'ils se font à eux-mêmes en contractant des habitudes de négligence et de retard. Plusieurs ont été renvoyés de la maison, rien que pour être arrivé souvent trop tard le matin.

— Mais qu'arriverait-il, si on était surpris par le sommeil ?

— Tâchez de l'éviter, voilà tout ; un retard est puni d'une amende de deux sous, et s'il se répète dans la même semaine, de quatre sous la seconde fois ; et quand on manque à l'heure trop souvent, on est congédié.

— Comme l'argent m'est précieux, je m'efforcerai d'être toujours à l'heure.

— Soyez sûr que la ponctualité vous vaudra, comme on dit, la moitié de la victoire. La régularité à se rendre au travail le matin est toujours un excellent signe.

— Vous verrez comme je serai ponctuel et régulier !

— Mais, ajouta M. Somers, il y a une

autre sorte de ponctualité qui est également nécessaire au succès dans votre emploi, c'est la ponctualité à aller et à retourner avec les messages, aussi bien qu'à vous trouver ici à l'heure fixe le matin. J'ai connu de jeunes apprentis qui s'amusaient une demi-heure en chemin, quand on les envoyait à quelques pas de la maison, à la poste, par exemple. Ils regardaient à la fenêtre des boutiques, s'arrêtaient pour s'entretenir avec un ami, insensibles à la marche du temps, ou pour écouter une bande de musiciens, la musique bannissant de leur esprit leurs occupations. Cette insouciance, cette négligence est la ruine de la plupart des employés de commerce. Songez donc toujours que votre temps n'est pas à vous, mais à votre maître. Et chaque fois qu'on vous envoie en commission, allez et revenez aussi promptement que possible. Si vous rencontrez des amis, montrez-leur que vous êtes occupé et que vous n'avez pas un moment à perdre. Vous n'êtes plus un écolier, mais un jeune homme commençant à vivre par vous-même, et à vous instruire de votre profession. Il est peu de choses plus désagréables à un maître que la perte du temps, et cette perte peut entraver plus sérieusement votre avenir.

— Je vois, remarqua sérieusement Harry, la vérité et la justesse de tout ce que vous dites; et je suis sincèrement résolu à éviter les fautes que vous signalez.

— Je l'espère, mon cher ami, car je vous l'ai déjà dit, j'ai vu des jeunes gens qui ne promettaient pas moins que vous, échouer par suite de leur insouciance, et de leur mépris du temps. Mais, continua M. Somers, je n'ai point fini mes instructions, et cependant, peut-être en ai-je déjà dit assez à votre gré.

— Au contraire, répondit Harry, poursuivez, je vous en prie; vous parlez avec tant d'aménité, et vous me portez un si vif intérêt, que j'ai du plaisir à vous entendre.

— Eh bien! alors, poursuivit M. Somers, heureux de le trouver si attentif, vous aurez à faire autre chose que d'aller en commission.

— Je l'espère, dit le jeune commençant.

— Vous aurez beaucoup à faire dans la boutique et dans le magasin; vous aurez à arranger les choses, à trouver les marchandises demandées, à en savoir la place, à les y remettre, et à faire tout avec exactitude et propreté.

— C'est plus facilement dit que fait, je le crains, répondit Harry.

— Ce n'est point difficile, pourvu que vous vous y preniez bien. Certains apprentis ne se possèdent jamais et mettent partout le désordre ; tandis que d'autres sont si lents et si stupides, que la moitié du jour se passe à regarder un seul article. L'essentiel, c'est de vous bien posséder, de vous rappeler ce qu'on vous montre, et de faire tout avec soin. C'est ce que les gens d'affaires appellent exactitude. Si vous ne prenez cette habitude dans la jeunesse, vous ne pourrez l'acquérir plus tard. Faites tout ce qu'on vous dit, aussi promptement que possible, mais sans jamais sacrifier l'exactitude et l'ordre à la précipitation. Soyez d'abord soigneux, et vous apprendrez ensuite à être expéditif. Faites tout le mieux possible, jusqu'aux plus petites choses, et faites sentir à votre patron que lorsqu'il vous ordonne quelque chose, vous le ferez comme s'il était près de vous. Gardez-vous, en outre, de vous faire répéter deux fois la même chose. Une fois instruit d'une chose, vous n'êtes point excusable de ne pas la faire. Appliquez cette règle à tout ce que vous faites. Que vous soyez appelé pour écrire une lettre, tenir les comptes, ou arranger les marchandises au magasin, faites tout cela avec soin et avec exactitude.

— Mais quand on se trompe, encourre-t-on autant d'amendes qu'on commet de bévues? demanda Harry, comme s'il avait été sûr d'en commettre un grand nombre.

— Un maître qui a de l'expérience, répliqua M. Somers, voit aisément si une faute vient de l'inexpérience et du hasard ou d'un manque de soin et de la négligence. Personne, pas même M. M'Sweeny, dit M. Somers en souriant, ne s'attend à trouver la perfection dans un débutant; et nous sommes plus indulgents pour les bévues que vous ne le pensez. Mais il est facile de constater si c'est une simple erreur et de l'inadvertance, ou bien un acte de négligence et de paresse. Un employé qui a l'esprit d'ordre et d'exactitude, évitera bientôt toute méprise.

— Oh! je devine votre pensée, vous allez me donner une leçon d'ordre. Allez, vous m'intéressez; je serai bien aise de vous entendre encore.

— Très-bien. Un grand secret pour réussir, c'est l'habitude d'ordre. Un jeune homme qui joint l'instinct de l'ordre à une bonne éducation, à une stricte probité et à la persévérance, doit réussir dans ses entreprises. Tout jeune que vous soyez, vous avez dû rencontrer des jeunes gens, et même des hommes faits, qui sont toujours agités. Ils sont toujours occupés, et ne savent jamais ce qu'ils font. Ils oublient les choses, les égarent, font leur besogne d'une manière confuse et imparfaite, et, à la fin du jour, ils trouvent n'avoir fait que la moitié de leur tâche. Bien plus même, cette moitié n'a pas été faite convenablement. Avoir en tout de l'ordre, donner à chaque chose sa place, et la lui conserver, sont trois précieuses maximes qui, bien pratiquées, aideraient grandement et efficacement à faire un bon commerçant. Vous voyez que je vous ai donné une foule d'avis, une longue et bonne leçon. J'espère qu'elle ne vous a pas ennuyé et que vous n'oublierez pas de la suivre. Je n'ajouterai qu'un mot : soyez toujours candide et ouvert. Un caractère caché ne se fait point d'amis, et n'arrive guère au succès. Lorsque vous avez mal fait, ne le dissimulez pas. Quand on vous interroge, répondez sans détours. Regardez avec modestie et avec respect le visage de ceux qui vous parlent, et montrez que vous n'avez rien dans le cœur que vous craignez de laisser voir. Mais venez, maintenant, je dois vous mettre à l'œuvre, et il nous faut renvoyer notre entretien à une autre occasion.

Ce disant, M. Somers conduisit Harry

au magasin, lui commanda un travail aisé, et, dans la nouveauté de son premier jour d'occupation, le joyeux adolescent oublia les craintes que lui avait inspirées son entrevue avec M. M'Sweeny.

VII.

Encore les vieilles fautes.

Harry O'Brien passa les six premiers mois à se familiariser avec les détails de son emploi. Il avait peu de temps à lui, et il était tenu constamment à sa besogne. Il devait se lever le matin à cinq heures, et se rendre à sept au magasin, où il demeurait jusque bien avant dans la soirée. Les nouvelles que j'en reçus, de temps en temps, étaient satisfaisantes. Il travaillait bien, gagnait en promptitude et en ordre, et montrait une parfaite probité. Je m'informai avec anxiété de son caractère; mais les six premiers mois je ne reçus aucune plainte; malheureusement, toutefois, les choses ne devaient pas toujours aller aussi bien. Après un certain laps de temps, Harry, entièrement accoutumé dans l'établissement, commença à se livrer à ces étranges accès d'humeur qui, à l'école, lui avaient causé tant de désagréments.

— O'Brien, lui demanda un jour le premier commis, avez-vous empaqueté ces marchandises ?

— Oui, monsieur, dit Harry avec un ton désagréable.

— Eh bien ! c'est honteux pour vous. Elles sont arrangées d'une manière pitoyable. On ne peut les expédier ainsi. Allez les défaire, et les empaquetez de nouveau.

— Je l'ai fait convenablement, répliqua Harry, exprimant sa mauvaise humeur dans toute son attitude.

— Non, dit le commis, et il faut recommencer.

— Je ne saurais les emballer mieux.

— Ça, c'est absurde, répondit le commis. Venez, ajouta-t-il d'un ton plus doux, car quoique vif, il était bon, et n'aimait pas de causer à personne de l'embarras ; venez, et mettez-vous-y de suite. Vous n'aimeriez point, n'est-ce pas, que je me plaignisse de votre ouvrage ?

— Je ne m'en soucie pas ! répliqua Harry ; je ne saurais faire mieux, et je ne recommencerai pas.

— Parlez-vous bien sérieusement, O'Brien? Soyez raisonnable, mon garçon, et ne vous abandonnez pas à vos boutades; mettez-vous tout de suite à l'ouvrage et ne murmurez plus.

— Je vous dis que je ne le ferai pas, répondit Harry avec son obstination naturelle.

— Dans ce cas, je serai forcé de me plaindre de vous, et vous savez que je le ferai à regret, ajouta le bon commis dont la patience était épuisée.

— Plaignez-vous, si vous le voulez, je ne m'en soucie pas, dit Harry du bout des lèvres, tandis que dans son cœur il redoutait le rapport et espérait que le commis ne dirait rien.

Il se mit de mauvaise grâce à emballer de nouveau le paquet; mais déjà le commis avait adressé sa plainte à M. M'Sweeny. Le marchand appela Harry, et ne lui fit pas bon accueil. M. M'Sweeny, malgré ses égards pour l'apprenti, à cause de sa probité et de son aptitude pour les affaires, ne lui témoigna point cependant, dans cette circonstance, de favorables dispositions. Il lui fit une sévère réprimande, le menaça, en cas de récidive, de le renvoyer, et lui ôta, comme amende, près de la moitié des gages de la semaine.

La honte d'avoir été repris au bureau devant les principaux commis, était presque insupportable au pauvre Harry; cependant, cela lui fit beaucoup de bien, en le stimulant à veiller sur lui-même. Ses accès d'orgueil et de mauvaise humeur, lorsqu'ils se présentaient, duraient moins longtemps. M. Somers, l'aida, du reste, considérablement, à se corriger de cette fâcheuse disposition. Il lui parlait toujours avec un grand tact, une grande prudence, et sans colère; mais il ne supportait rien de déraisonnable. Sa bonté n'était point de la faiblesse. Il savait être bon et exiger le nécessaire. Chaque fois que Harry s'abandonnait à son humeur, faisait mal son ouvrage ou maltraitait ses voisins, M. Somers, chargé de tout le personnel, ne manquait jamais de le punir par de sévères amendes ou par d'autres moyens dont il espérait de sérieux résultats, c'est-à-dire l'amélioration de son humeur.

Sans entrer avec les commis et les employés de sa maison dans des rapports intimes, M. M'Sweeny surveillait de près leur conduite; et comme il était bon, quoique dur, il prenait un intérêt réel aux progrès de Harry, et il était résolu à frayer le chemin de la vie à l'orphelin sans ressources.

— Je crois, dit un jour M. M'Sweeny à M. Somers, je crois que Harry va bien?

— Oui, réellement, répliqua le commis; il s'initie parfaitement à sa besogne.

— Lui donnez-vous jamais des commissions pour la poste ou la banque? demanda le marchand, et ne s'amuse-t-il pas en route?

— Je l'envoie souvent à la banque, parce que je puis compter entièrement sur sa probité; il s'est amusé deux ou trois fois, mais généralement il ne le fait pas.

— Je suis heureux de ces renseignements, dit M. M'Sweeny; je m'intéresse beaucoup à cet enfant, mais je ne veux pas qu'il le sache. Son défaut principal, je crois, c'est son orgueil et son humeur capricieuse. Ayez soin, M. Somers, de le surveiller de ce côté, le plus possible.

— Oui, c'est absolument nécessaire, répliqua M. Somers. Il n'y a vraiment que son caractère qui me fasse craindre pour son avenir. Cela demande une si constante surveillance! Pourtant je crois qu'il s'y livre moins qu'autrefois.

— Je l'espère, repartit le maître. Il faut lui montrer les périls où mène ce défaut. Vous pouvez conduire cette jeunesse, avec plus de tact, que je ne le saurais moi-même. A propos, j'espère qu'il n'a pas fait à Londres beaucoup de connaissances.

— J'espère que non, répondit M. Somers; cependant, à ma grande surprise, je l'ai vu se promener dimanche dernier dans l'après-midi avec Tom Jones.

— Avec Tom Jones, dites-vous? s'écria le marchand. Où a-t-il ramassé ce compère-là?

— Peut-être ne le connaît-il pas? Il n'a pas semblé, quand je l'ai vu, rougir d'être surpris dans sa société. J'avais l'intention de le mettre en garde contre Jones, mais j'ai été si occupé cette semaine, que je n'ai pas eu le temps de lui en parler.

— Alors, faites-le au plus vite; je ne souffrirai ici personne qui hante un pareil compagnon.

— J'y vais à l'instant, répliqua M. Somers, prenant son chapeau et souhaitant le bonjour à son patron.

VIII.

Histoire d'un bon vivant.

M. Somers trouva Harry prêt à quitter le magasin, après avoir achevé le travail du jour.

— Voilà qui tombe bien, Harry, s'écria-t-il, c'est précisément vous que je cherchais; je viens vous prendre pour faire ensemble une promenade, si vous n'avez rien de mieux à faire.

— Rien ne me serait plus agréable, répondit poliment le jeune O'Brien; mais, malheureusement, je suis engagé.

— Engagé? demanda M. Somers; je ne vous croyais pas de connaissances à Londres!

— Je n'en ai pas beaucoup, répondit Harry, en riant, mais je ne suis pourtant pas tout à fait seul. J'ai un compagnon, et par lui j'en réunis parfois plusieurs.

— Ah! mais à Londres il est facile de se compromettre dans ses choix; on ne saurait avec trop de soin former des liaisons.

— Oh ! je le vois, dit Harry, avec un peu d'orgueil, vous allez me donner une leçon ; mais ne vous en donnez point la peine, car mon compagnon est très-convenable, il vous connaît intimement, et c'est même un de vos plus grands amis.

— Vraiment ! qui peut-il être ? Je n'ai pas beaucoup d'amis intimes.

— Eh bien ! son nom, si vous le désirez savoir, répliqua Harry qui commençait à sentir, malgré lui, que tout n'était pas en ordre, son nom, c'est Jones ; il est commis au rivage, chez Simpson.

— Tom Jones, avec qui je vous ai vu dimanche dernier ? Je vous assure que ce n'est pas un de mes amis. Comment pouvez-vous dire que je suis lié intimement avec lui ? Je ne lui parle même pas, quand je le rencontre dans la rue.

— Mais il me l'a dit ; n'a-t-il pas été commis dans cette maison ?

— Il est venu ici comme vous ; mais au bout de trois mois, on l'a chassé pour manque de probité.

— En êtes-vous sûr ? demanda Harry, qui hésitait à abandonner son nouveau compagnon. Vous le confondez probablement avec un autre. Jones m'a certifié qu'il avait été ici plus d'une année et que, durant tout ce temps, il avait été toujours avec vous; mais que n'aimant pas ce genre de besogne, il avait quitté de lui-même, bien que M. M'Sweeny lui offrît une augmentation de salaire, s'il consentait à rester.

— Dans ce cas, ce que je puis dire, ajouta vivement M. Somers, c'est que Jones est encore ce qu'il fut toujours, un des plus grands menteurs que j'aie jamais rencontrés. Il n'y a pas un mot de vrai dans tout ce qu'il vous a conté.

— Vous êtes trop sévère, répliqua Harry, mécontent de voir ébranler sa confiance en son nouvel ami.

— Vous parlerez autrement, remarqua tranquillement M. Somers, quand vous saurez la vérité sur cet indigne jeune homme. Jones vint ici, il y a environ un an; et M. M'Sweeny l'admit par égard pour son père, respectable commerçant de Brighton, caractère un peu faible, mais excellent catholique. Tom est son fils aîné, et jamais il n'avait connu de contrainte. Sa mère est une femme folle, vaine, qui encourageait la paresse et la vanité de son fils. Je ne crois pas qu'il y ait quelque part un plus mauvais garnement que Tom Jones. Lorsqu'il était ici, on ne pouvait presque rien en obtenir. Il venait tard le matin, ne faisait jamais convenablement une commission, restait en route une heure pour faire une course de dix minutes, et s'ingéniait constamment à faire les plus mauvaises farces à tous ceux qui l'entouraient. Un jour, que nous étions tous plus occupés qu'à l'ordinaire, il éteignit le gaz et lorsqu'on l'interrogea, il en accusa un autre, jurant de n'avoir pu en rien participer au méfait. Mais il était à peine ici depuis trois mois, que nous le surprîmes à voler divers articles de mince valeur, et il fut immédiatement renvoyé. Je ne sais par quels artifices il est entré dans une maison aussi respectable que celle de M. Simpson. Mais, s'il faut en croire la renommée, son patron actuel n'est pas très-satisfait de sa conduite.

— Ce que vous me dites m'étonne. Je suis fâché de m'être aussi promptement lié avec lui.

— Comment avez-vous fait sa connaissance ? demanda M. Somers.

— Je l'ai rencontré une fois, le soir, en allant chez moi ; il est venu à moi, m'a parlé de vous avec une haute estime ; nous sommes entrés en conversation, et, depuis lors, je le vois presque chaque jour.

— L'avez-vous accompagné à quelque lieu de divertissement ?

— Une fois seulement aux Cremorne Gardens; et, en chemin, Jones m'a emprunté de l'argent.

— Combien? demanda M. Somers.

— Il y a quinze jours, répondit Harry, il m'a demandé deux shellings et six pence, et hier je lui ai prêté quatre shellings que j'avais économisés pour les envoyer en cadeau à ma sœur.

— Je crains que votre argent ne soit perdu, dit M. Somers.

— Je le crains également, répondit Harry, après ce que vous m'avez dit. Mais, ajouta-t-il, mais comment rompre cette fâcheuse liaison? Jones m'attend à ma chambre, et j'ai promis de l'accompagner ce soir à un concert.

— Ecrivez-lui brièvement que vous ne le pouvez. Ne cachez rien, dites-lui qu'il vous est parvenu sur son compte des rapports qui vous font désirer de cesser vos relations. Robert retourne chez lui, il se chargera du message.

— C'est désagréable, mais je crois qu'il faut m'y résoudre.

— Très-certainement. N'oubliez pas que vous perdriez votre propre considération, si vous étiez connu pour l'ami et le compagnon d'un jeune homme tel que Jones. Mettez-vous-y tout de suite, faites votre billet, et puis revenez me voir. Il faut passer avec moi cette soirée; je veux vous procurer des compagnons d'une autre sorte et qui seront bien aises de vous connaître ; leur société, loin de vous nuire, vous fera du bien.

Personne ne savait mieux que l'excellent M. Somers, combien les jeunes gens à Londres ont de peine, pendant leurs heures de loisir, à trouver des délassements convenables, d'innocentes récréations. Les occasions dangereuses de se divertir abondent. Il y a partout des méchants prêts à jeter les jeunes gens inconsidérés dans les derniers excès de la folie et du vice. Il y a des tentations partout, et peu de secours pour ceux qui désirent garder la bonne voie. Souvent, après le travail du jour, Harry ne savait que faire de sa personne. Quelquefois il songeait à rentrer au logis pour lire quelque livre. Mais il n'était pas toujours disposé à lire, et lorsqu'il désirait se rendre à un amusement inoffensif ou faire une promenade pendant une soirée d'été, ou un dimanche après-midi, il n'avait point d'ami de son âge pour l'accompagner. Et il est si triste de se promener seul ou même d'aller seul à un lieu de divertissement ! On se sent rarement aussi seul qu'au milieu de la multitude.

Un jour d'été, Harry fatigué par la chaleur et par le travail du jour, se rendait lentement chez lui, si toutefois le pauvre garçon avait un chez lui, et souhaitait de voir un de ses anciens condisciples de classe, lorsque Tom Jones l'aborda et lui imposa sa connaissance. Jones avait alors dix-huit ans. Dans les boutiques de second ordre, il vous arrivera de rencontrer aux fenêtres des annonces propres à attirer l'attention des bons vivants sur les marchandises placées à l'intérieur. Or la grande ambition de Jones était de passer pour tel. C'était apparemment le seul but, le seul objet de sa vie. Le père de Jones était bien intentionné mais faible et mené en tout par une femme vaine et folle qui songeait plus à la toilette et à l'éclat qu'au soin de ses enfants, et qui encouragea, dès son enfance, son fils, dans sa vanité et sa paresse. Le pauvre jeune homme avait d'excellentes raisons de sentir que ses plus grands ennemis étaient ceux de sa maison, ses parents qui, par leur sotte indulgence, leur faiblesse coupable et leur manque de principes, avaient négligé son éducation, et laissé se perdre les dons de la nature et de la grâce qu'il avait reçus de Dieu. Si Tom avait été bien élevé, il eût peut-être été bon, car il avait de grandes aptitudes et des occasions nombreuses de s'instruire. Mais tout cela fut perdu ou mal employé. Il suivit l'exemple de sa mère, et vécut pour la vanité et le plaisir. Dès l'âge le plus tendre, il lut avec ardeur les plus mauvais romans et se chercha les plus dangereux compagnons. Il apprit d'eux à tromper et à mentir, et toutes sortes de péchés. Pour ressembler à ces compagnons, il s'habillait d'une manière extravagante, portait des vêtements au-dessus de sa condition, et cherchait à se rendre beau par des chaînes d'or prétendu, ou par d'autres colifichets éclatants de la plus vulgaire espèce. De temps à autre, il travaillait courageusement, mais c'était pour avoir de l'argent à dépenser en orgies. Il grandit ainsi sans principes, sans conscience, et sans cœur. Il n'aimait que lui-même et dédaignait la bienveillance d'autrui. M. M'Sweeny, par égard pour son père, consentit à le recevoir à titre d'essai, dans l'établissement; mais Jones était si irrégulier à se rendre au travail, si grossier envers ses supérieurs, et si souvent coupable de petits détournements, qu'il perdit bientôt cette excellente position. Comment il a fait pour en trouver une autre ou pour la conserver un an, personne ne le saurait dire. Mais quand il le voulait, personne n'était plus industrieux que Jones, et il avait tant de plaisirs auxquels il fallait faire face, tant d'amis à contenter, et tant d'habits neufs à payer, qu'il travaillait courageusement pour suffire à toutes les exigences. Son but, en travaillant, n'était point de se procurer une honnête existence ; mais de se mettre à même de dépenser librement son argent avec « les bons vivants » de son espèce; et lorsqu'il pouvait se procurer des ressources par des moyens moins honnêtes, il ne s'en faisait point scrupule. Voilà pourquoi il désirait entrer en relation avec Harry O'Brien. Il avait épié pendant quelque temps ses démarches, et remarqué qu'il avait peu d'amis et ne connaissait guère encore les voies perdues de Londres. Il résolut donc de l'entraîner dans ses propres désordres et de lui arracher son argent. Grande, par conséquent, fut sa surprise, quand il reçut la lettre où Harry déclinait son amitié. Il déchira la lettre en pièces, frappa du pied avec colère et jura avec serment qu'il perdrait Harry en dépit de tous les efforts de M. Somers pour le sauver. Harry demeura si longtemps avec M. Somers, que Jones ne put l'attendre sans compromettre d'autres plans projetés pour cette soirée. Mais un jour ou deux après, il attendit Harry à sa sortie du magasin; et prenant un air insouciant et enjoué, il accosta forcément son ancienne connaissance, disant :

— Dites-moi, Harry, mon cher ami, qui est-ce qui vous a fait écrire une lettre comme celle que j'ai reçue l'autre jour?

Harry se sentit confus, et ne savait que répondre, mais Tom ne lui donna pas le temps de se recueillir et de parler.

— Je sais, continua-t-il, ce qu'il en est. Cet hypocrite de Somers, qui en ma présence prétend être mon ami, cherche constamment, en mon absence, à me nuire. Mais il n'a rien à dire contre moi.

— Vous ne m'avez pas dit la vérité, dit timidement Harry; vous m'avez dit que vous aviez quitté la maison de votre plein gré, alors qu'on vous a congédié.

— C'est faux, répliqua Jones; je n'ai pas été congédié. J'ai quitté de mon propre mouvement. Et changeant de voix : Venez, poursuivit-il, venez, mon cher Harry, n'en parlons plus. Je vous pardonne cette lettre, et je désire conserver votre amitié. Vous n'avez jamais vu en moi le moindre mal, et vous ne me rejetterez pas, parce qu'on me calomnie.

Harry ne savait que faire. Il aimait Jones, parce qu'il y avait dans sa manière quelque chose de franc et d'ouvert ; et pourtant des réflexions meilleures l'avertissaient de suivre les conseils de M. Somers. Jones vit promptement cette lutte entre la raison de Harry et son inclination, et sans lui laisser le temps de répondre, il le prit forcément par la main et le fit promener avec lui. En descendant la rue, il fit tous ses efforts pour regagner la confiance et l'estime de Harry. Il jeta le ridicule sur M. Somers, rit de ce qu'il appelait les scrupules de Harry; lui demanda quand il s'enfermerait dans un monastère; et moitié par cette sorte de ridicule, moitié par ses vives protestations d'amitié, il reconquit son influence sur l'esprit de Harry. Et pour la mieux conserver, il rendit à Harry tout l'argent qu'il en avait emprunté ; de sorte que le pauvre insensé rentra dans sa demeure pleinement persuadé que M. Somers lui avait donné une appréciation sévère et fausse de Jones, qui était, après tout, un très-agréable compagnon.

IX.

Suite de l'histoire d'un bon vivant, et comment Harry fut délivré d'une mauvaise compagnie.

Harry n'osa pas dire à M. Somers qu'il avait négligé ses avis et renouvelé connaissance avec Jones. Il tâcha d'éviter M. Somers le plus possible, car sa conscience lui disait qu'il faisait mal ; et de fait, le pauvre garçon était décidément sur la voie de sa ruine. De jour en jour augmentait son intimité avec Jones. Ce dernier jouait son jeu avec beaucoup d'art et d'habileté. Il ne proposa d'abord à Harry rien d'absolument mauvais ; il alla même avec lui deux ou trois fois à la messe, contrairement à ses habitudes. Harry fut conduit par degrés d'un mauvais pas à un autre. Et chaque fois que Harry sentait sa conscience mécontente, Jones l'effrayait par le ridicule, l'appelant un saint et lui demandant s'il se ferait bientôt moine. C'est ainsi qu'il s'efforçait de tenir Harry dans une sorte d'esclavage moral. Il l'associa à des jeunes gens plus mauvais encore que lui, et ils conspirèrent tous à enlever d'abord à Harry son argent, et ensuite à le rendre aussi méchant qu'eux. Ils l'introduisirent dans les plus mauvaises sociétés de Londres; et quoique Harry ne pût se résoudre immédiatement à s'abandonner aux mêmes vices, il avançait chaque jour vers le plus fatal abîme. Sa conscience, toutefois, ne lui laissait point de repos. Jamais il n'avait été si malheureux. Il aspirait après la confession, et n'osait pas faire la salutaire démarche. Souvent, il aurait voulu parler à M. Somers, mais il ne pouvait s'y résoudre. Il n'y a rien qui rende une personne plus misérable que la mauvaise conscience. Harry l'eprouvait amèrement.

Il se trouvait dans ce triste état, lorsque la Providence de Dieu intervint pour arrêter son progrès dans le péché. Il était sur le bord du précipice, et un pas de plus le perdait pour toujours. La bonté de la sainte Vierge, à qui il avait été consacré à l'école, lui épargna cette terrible destinée. C'était le lundi de Pâques, et il y avait foire à Greenwich. Jones et ses amis avaient résolu d'y passer la journée, et ils décidèrent Harry à les y accompagner. Il céda avec plus de répugnance que jamais, car il s'était levé le matin avec un violent mal de tête, et il était malade d'esprit et de corps. Ses jeunes compagnons méditaient de mauvaises actions; ils étaient allés à la foire pour jouer, boire et commettre péchés sur péchés. Harry était rendu, il avait un mal de tête affreux, sa conscience le tourmentait, et il s'efforça, mais en vain, d'être insouciant et joyeux. Ses compagnons virent dans sa présence une contrainte, et après avoir reçu tout son argent, ils lui permirent, sous le prétexte de son mal de tête, de retourner à sa maison. En retournant, il reçut tout le long du chemin, une ondée effrayante, et comme il n'avait point de parapluie, il fut complètement trempé; mais dans son obstination habituelle, il refusa de changer de vêtements, de sorte que, la nuit venue, il était sérieusement malade. Le lendemain matin, il ne put quitter le lit, et lorsque M. Somers envoya prendre des informations à son sujet, on lui trouva une fièvre violente. On me fit chercher et je fus heureux de le soigner, sous tous les rapports, durant sa longue et pénible maladie. Il n'y avait pas à se dissimuler le danger. Aussi le préparai-je à la mort. Ce qui se passa au tribunal de la pénitence est connu de Dieu seul, je lui donnai le saint Sacrement, et comme la fièvre augmentait, je lui administrai bientôt l'Extrême-Onction. Le mal parut empirer. Le délire le saisit, et son esprit excité par la fièvre se livra à d'étranges extravagances. Tantôt il était à l'orphelinat où il avait été élevé. Il jouait à la crosse avec les compagnons de son enfance, il leur criait de ne pas le toucher, il mettait la nappe pour dîner, il demandait à la bonne ses habits de dimanche. Tantôt il était à quelque divertissement avec son ami Jones. Et durant tout le temps, il protestait qu'il ne voulait pas y être, parce qu'il était sûr que c'était mal. Ou bien encore, il était au magasin emballant des marchandises, appelant des porteurs pour les emporter, offrant de servir la clientèle dans la boutique. Parfois aussi, il chantait quelques passages des Litanies de notre Dame de Lorette, un Kyrie eleison, ou les célestes mélodies de la préface de la messe. A ce délire, succédait une profonde léthargie du corps et de l'esprit, à tel point que, par moment, il était difficile de sentir le moindre mouvement de son pouls. Longtemps, il demeura entre la vie et la mort. On offrit pour lui d'instantes et nombreuses prières. Les enfants de l'orphelinat priaient à son intention tous les jours; de bonnes femmes inconnues du monde, mais bien connues de Dieu, intercédaient puissamment auprès de Marie. Le sacrifice de la messe était souvent offert pour lui, et pourtant le péril était toujours imminent. A la fin cependant, il fut hors de danger. La fièvre cessa, et, quoiqu'il demeurât très-affaibli, il revenait graduellement à la santé. Pendant tout ce temps, M. M'Sweeny, avec son extérieur rude, et un certain manque de tact pour conduire les jeunes gens, montra qu'il avait un bon cœur, car il n'épargna aucune dépense pour fournir au malade tout ce qui pouvait lui être utile. Tous les jours, il s'informait de son état, et lorsqu'il le sut hors de danger, le vieillard pleura de joie. Il ne faut point toujours juger les personnes par le dehors; souvent, sous un extérieur brusque, se cache un cœur généreux.

Lorsque Harry fut assez bien remis pour se lever et recevoir des amis, M. Somers, dont la bonté n'avait point de limites, vint fréquemment s'asseoir auprès de lui. Harry ne lui avait jamais parlé de sa mauvaise conduite antérieure. Cependant, il voulait le faire et l'assurer du regret profond qu'il ressentait de n'avoir point suivi ses bons conseils. Finalement, un jour que M. Somers le visitait, Harry se hasarda à rompre la glace.

— Je vous dois un acte de réparation, M. Somers, commença-t-il.

— Pourquoi, mon cher enfant? demanda avec cordialité son ami; vous ne m'avez jamais fait de tort.

— Oh ! pardon, dit Harry, j'ai douté de vos paroles, et méprisé vos avis. Et je sens que ma longue maladie a été une punition justement méritée.

Puis il lui confessa tout ce qui a été déjà rapporté; ses relations renouées avec Jones et les fâcheux résultats de cette imprudence.

M. Somers écouta le pénible récit avec des sentiments divers, mais sa reconnaissance envers Dieu l'emporta sur tous les autres.

— C'est prodigieux, mon cher Harry, comme la Providence de Dieu a veillé sur vous. Mais peut-être ignorez-vous encore ce qu'il advint de votre malheureux compagnon?

— Oui; mais j'espère qu'il ne lui est rien arrivé de fâcheux.

— Jones est en prison, et il y restera quelques années.

Harry était stupéfait à cette nouvelle. Il ne put, pendant quelque temps, articuler une parole; et M. Somers commençait à craindre de lui avoir fait une imprudente communication.

— Je vous en prie, dites-moi tout, répliqua Harry. Oh! j'ai bien raison de rougir de moi-même, et de remercier Dieu de sa miséricorde.

— Eh bien! donc, vous saurez, dit M. Somers, que Jones, avec quelques compagnons, est allé le lundi de Pâques à la foire de Greenwich.

— Je les accompagnais en ce terrible jour, dit Harry; je ne l'oublierai jamais.

— On me l'a dit, repartit tranquillement M. Somers; et il poursuivit : Vers trois heures, tandis que Jones jouait à un jeu de hasard dans une barraque, il fut saisi par la police, comme prévenu de vol. Son patron avait remarqué de nombreuses soustractions, sans pouvoir découvrir le coupable. Parfois il disparaissait un souverain, parfois un demi-souverain et bien des demi-couronnes du tiroir de la boutique, sans que l'on connût le voleur. A la fin, le patron se concerta avec la police, et, d'après son avis, il mit dans le tiroir plusieurs pièces de monnaie secrètement marquées. On s'informa des habitudes et des compagnons des différents employés, et les soupçons tombèrent naturellement sur Tom Jones. On le fit surveiller partout par un agent de police vêtu en bourgeois. Le lundi de Pâques, l'agent le suivit à la foire, entra dans la même barraque, et, au moment où Jones prenait une demi-couronne, pour la changer, le policeman s'offrit à lui rendre ce service, et prit la pièce entre les mains. Il l'examina avec soin et y vit clairement la marque particulière apposée par la police. Tom fut aussitôt arrêté, mis sous bonne garde, et amené devant les magistrats. On découvrit alors que, depuis longtemps, il volait son maître et d'autres personnes. Il fut accablé d'accusations de vol, traduit devant les tribunaux et condamné, mercredi dernier, à un emprisonnement de trois ans. Telle est la fin pauvre jeune homme. C'est la Providence, mon cher Harry, dit M. Somers, qui vous a arraché à ce péril. Comme vous devez remercier la bonne Vierge de vous avoir délivré de cette mauvaise compagnie !

Harry ne dit rien, mais saisissant les mains de son ami, il fondit en larmes. M. Somers jugea bon de le laisser seul, et bientôt il lui dit adieu et s'en alla.

Harry s'assit et réfléchit longtemps à ce qu'il avait entendu. Il était plus heureux et plus reconnaissant envers la Providence d'avoir échappé à cette funeste société et aux terribles résultats qui auraient pu en suivre, que du rétablissement de sa santé.

X.

Conclusion.

Harry se repentait trop profondément du passé, et se sentait trop reconnaissant des attentions indulgentes qu'on avait eues à son égard, pour retomber encore dans les mêmes errements. La suite de sa vie est courte à rapporter. Aussitôt que ses forces le lui permirent, il retourna à son emploi, et travailla plus ardemment que jamais. Il avait encore ses défauts; de temps en temps, il était orgueilleux, entêté, porté à bouder et à dire : « Je ne m'en soucie pas. » Mais un sentiment plus profond de religion et de plus solides principes tinrent ces fautes en échec. Sa probité et sa bonne conduite lui gagnèrent l'estime de tous ceux qui l'entouraient; il s'attacha de plus en plus à M. Somers, et le considéra comme son plus sincère ami; son patron lui donna sa confiance et éleva tout à la fois sa position et son salaire. Harry put bientôt prendre pour lui-même une maison, où il appela avec bonheur sa sœur, bonne et intelligente jeune fille, qui avait soigné son frère dans toute sa maladie. Encore maintenant, ils habitent Londres, respectés de tous ceux qui les connaissent, heureux en pratiquant leur sainte religion, et ils destinent le fruit de leurs honnêtes épargnes à secourir un jour l'orphelin délaissé, comme autrefois ils ont été secourus eux-mêmes.

BIBLIOTHÈQUE IMPÉRIALE IMPR.

FIN.

TABLE.

BIBLIOTHÈQUE IMPÉRIALE IMPR.

FIN DE LA TABLE.

Tournai, typ. de H. Casterman.

DU MÊME ÉDITEUR :

BIBLIOTHÈQUE MORALE ET AMUSANTE (nouvelle). Chaque vol. d'environ 120 p. in-12, orné d'un sujet gravé, couverture illustrée.

PREMIÈRE SÉRIE.

1. **Simples historiettes** pour l'enfance; par Mlle V. NOTTRET, maîtresse de Pension.
2. **Angéline et Françoise**; par LA MÊME.
3. **Récompense du Travail**; par LA MÊME.
4. **Les Contes du Jeudi**; par LA MÊME.
5. **Mon Prix de Sagesse**; par LA MÊME.
6. **Marie**; par LA MÊME.
7. **Julie**; par LA MÊME.
8. **Blanche et Noémie**; par HUBERT LEBON.
9. **Dinah**; par la marquise DE CORTANZE.
10. **Les Petits Vagabonds**, par E. STEWART.
11. **Pardon des offenses** (le); par S. FANJAC DE PEAUCELLIER.
12. **Petit roi** (le); par LA MÊME.
13. **Le jeune Louis**; par H. BENOIST.
14. **Récits maritimes**; par Madame DE GAULLE.
15. **Quelques récits**; par LA MÊME.
16. **Mathilde**; par Pauline L'OLIVIER (Mme Braquaval.)
17. **Robert l'Ostendais**, par LA MÊME.

DEUXIÈME SÉRIE.

Chaque vol. in-18, de 72 p. papier épais, est orné d'un sujet gravé. Couv. illustrée.

1. **Un mensonge**; par H. DE BELLAING.
2. **Larmes d'une mère**; par LE MÊME.
3. **Jean et Jeannette**; par LE MÊME.
4. **Harry O'Brien**. Trad. de l'anglais.
5. **Anecdotes du Père Grégoire**; par H. BENOIST.
6. **Soirées du Père Grégoire**; par LE MÊME.

www.ingramcontent.com/pod-product-compliance
Ingram Content Group UK Ltd.
Pitfield, Milton Keynes, MK11 3LW, UK
UKHW022121260726
13993UKWH00003B/1165

9 782329 096872